EL ATAJO

Título original: *Shortcut*

© 1995 David Macaulay

Publicado según acuerdo con Houghton Mifflin Hartcourt Publishing Company

Traducción: Sandra Sepúlveda Martín

D.R. © Editorial Océano, S.L.
Milanesat 21-23, Edificio Océano
08017 Barcelona, España
www.oceano.com

D.R. © Editorial Océano de México, S.A. de C.V.
Eugenio Sue 55, Polanco Chapultepec, Miguel Hidalgo
11560, México, D.F., México
www.oceano.mx
www.oceanotravesia.mx

Primera edición: 2016

ISBN: 978-607-400-960-6
Depósito legal: B-2611-2016

IMPRESO EN ESPAÑA / *PRINTED IN ESPAÑA*

9004184010416

El atajo

↑ El atajo

David Macaulay

OCEANO travesía

CAPÍTULO UNO

Albert y June se despiertan temprano. Es día de mercado.

Una vez a la semana, llevan sus mejores sandías al pueblo.
Cuando cruzan el puente, Albert y June siempre piden un deseo.

Deciden tomar el atajo para ahorrar tiempo.
Albert se quita el abrigo y ayuda a June a subir la colina.

Cuando llegan a la cima, Albert vuelve por su saco
y siguen su camino. Pronto se detienen a comer
en el Café de la Estación.

June tiene mucha hambre. Se estira para alcanzar unos
ricos tréboles. Después de almorzar, se dirigen
hacia el pueblo, cantando sus canciones favoritas.

Una cuerda les corta el paso. Pero no por mucho tiempo.

Sus sandías son muy populares y su carro se vacía pronto.
June y Albert consiguen su deseo una vez más.
Llegan a casa antes del anochecer.

CAPÍTULO DOS

Paty y Perla son grandes amigas.
Van juntas casi a todas partes.

Cuando Paty está ocupada, Perla se relaja junto a la vía abandonada.
Un día, Perla desaparece sin dejar rastro. O casi.

CAPÍTULO TRES

El profesor Tweet pasa los días estudiando el comportamiento de los pájaros desde su globo, firmemente atado a un árbol.

Pero de repente su globo se desata.

Se dirige a un pueblo con catedral llamado Falsavilla.

El profesor tira todo por la borda y su globo
comienza a ganar altura.

Justo a tiempo. Parece que Tweet y su globo están a salvo.

CAPÍTULO CUATRO

Alguien ha jalado el interruptor y el tren rápido de Darlington
se dirige hacia la vía abandonada.

Pronto, el tren levanta un pasajero extra
y desaparece en un túnel.

Tras cruzar la calle Chestnut y el viejo puente, el tren
se acerca al final de la vía.

CAPÍTULO CINCO

Sybil va al mercado.

Conduce a toda velocidad por la ciudad y por el campo.

Aunque sigue las señales, el mercado está muy lejos.
Cuando por fin llega, Albert ya no tiene sandías
y ella está en problemas.

CAPÍTULO SEIS

Paty tiene que encontrar a su mejor amiga. Primero busca
en los lugares de siempre.

Pero no tiene suerte y decide salir al camino.

Paty busca arriba y abajo.
Al final, sólo queda un lugar por revisar.

CAPÍTULO SIETE

Bob duerme todo el día. Ama la paz y la tranquilidad del río.
Sueña con ser el almirante de su propia flota.

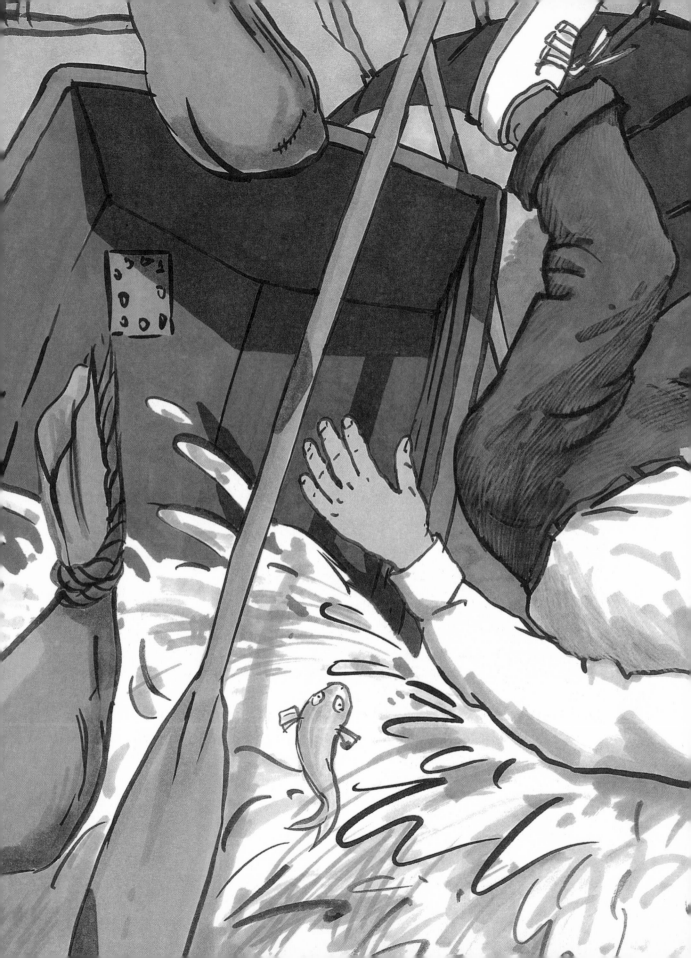

De pronto, cae de su bote. Por fortuna se hunde hasta el fondo
del río y gracias a eso logra hacer realidad su sueño.

CAPÍTULO OCHO

El profesor Tweet ha perdido su globo para siempre.

Pero al rescatar a la cacatúa de Clarinda, se ha ganado
su corazón y adopta un trabajo menos peligroso.

CAPÍTULO NUEVE

Aun sin vías, el tren sigue andando.

Finalmente se detiene en la playa.
Esto no estaba en el itinerario.

EPÍLOGO

Un gruñido apagado le indica a Paty dónde cavar.
Cuando Perla se recupera de su aventura,
van juntas a casi todas partes.
Pero nunca en tren.